こども哲学

暴力って、なに？

この本の計画をそだててくれた世界中の学校、
「クラスで哲学する」冒険にとびこんでくれた先生たち、
それから、ことばに意味と力づよさを取りもどさせてくれた子どもたち、
みなさん、どうもありがとう！
それから、この本に力をかしてくれたみんな、
ジェローム・ルコック、レイラ・ミロン、サンドリーヌ・テヴネ、
イザベル・ミロン、ヴィクトリア・チェルネンコにも、
こころからのお礼を。

Édition originale: "C' EST QUOI, LA VIOLENCE ?"
Texte d' Oscar Brenifier
Illustrations d' Anne Hemstege
© 2019. by Éditions Nathan, Sejer, - Paris, France.

This book is published in Japan by arrangement with NATHAN / SEJER, through le Bureau des Copyrights Français, Tokyo.

暴力って、なに？

文：オスカー・ブルニフィエ
絵：アンヌ・エムステージュ
訳：西宮かおり

日本版監修：重松清

朝日出版社

何か質問はありますか?
なぜ質問をするのでしょう?

こどもたちのあたまのなかは、いつも疑問でいっぱいです。
何をみても何をきいても、つぎつぎ疑問がわいてきます。とてもだいじな疑問もあります。
そんな疑問をなげかけられたとき、わたしたちはどうすればいいのでしょう?
親として、それに答えるべきでしょうか?
でもなぜ、わたしたちおとなが、こどもにかわって答えをだすのでしょう?

おとなの答えなどいらない、というわけではありません。
こどもが答えをさがす道のりで、おとなの意見が道しるべとなることもあるでしょう。
けれど、自分のあたまで考えることも必要です。
答えを追いかけ、自分の力であらたな道をひらいてゆくうちに、
こどもたちは、自分のことを自分で決める判断力と責任感とを身につけてゆくのです。

この本では、ひとつの問いに、いくつもの答えがだされます。
わかりきったことのように思われる答えもあれば、はてなとあたまをひねるふしぎな答え、
あっと驚く意外な答えや、途方にくれてしまうような答えもあるでしょう。
そうした答えのひとつひとつが、さらなる問いをひきだしてゆくことになります。
なぜって、考えるということは、どこまでも限りなくつづく道なのですから。

このあらたな問いには、答えがでないかもしれません。
それでいいのです。答えというのは、無理してひねりだすものではないのです。
答えなどなくても、わたしたちの心をとらえてはなさない、そんな問いもあるのです。
考えぬくに値する問題がみえてくる、そんなすてきな問いが。
ですから、人生や、愛や、美しさや、善悪といった本質的なことがらは、
いつまでも、問いのままでありつづけることでしょう。

けれど、それを考える手がかりは、わたしたちの目の前に浮かびあがってくるはずです。
その道すじに目をこらし、きちんと心にとめておきましょう。
それは、わたしたちがぼんやりしないように背中をつついてくれる、
かけがえのないともだちなのです。
そして、この本で交わされる対話のつづきを、こんどは自分たちでつくってゆきましょう。
それはきっと、こどもたちだけでなく、われわれおとなたちにも、
たいせつな何かをもたらしてくれるにちがいありません。

オスカー・ブルニフィエ

もくじ

- きみがらんぼうになるのは、どんなとき？
- 自分はらんぼうだな、って、思うのはなぜ？
- あばれだしそうな自分を、とめられる？
- ひとをぶっても、いいと思う？
- ぼうりょくって、なんの役にたつ？
- みんなのこと、こわいって思うの、あたりまえ？

（特別付録）重松清の書き下ろし掌篇「おまけの話」が本の最後についています。

きみがらんぼうになるのは、どんなとき？

りゆう

かたち
ブレーキ
けんり
もくてき
かんけい

きみがらんぼうになるのは、どんなとき？

ともだちに、ぶたれたとき。

そうだね、でも…

やりかえすより、話してみたら？

しかえしって、していいの？

そのしかえしに、
むこうがまた、ぶってきたら？

ゆるせるひとに、なれないかな？

りゅう

かたち

ブレーキ

けんり

もくてき

かんけい

きみがらんぼうになるのは、どんなとき？

そうだね、でも…

らんぼうになれば、すかれるの？

らんぼうになったら、きみまで、
きみがきらいにならない？

みんなが、相手(あいて)にしてくれないとき。

みんなきみのことだいすき！
なんて、あると思(おも)う？

まずは、自分(じぶん)で自分(じぶん)のこと、
すきになってみたら？

- りゅう
- かたち
- ブレーキ
- けんり
- もくてき
- かんけい

きみがらんぼうになるのは、どんなとき?

おもちゃ
かってもらえないとき。

そうだね、でも…

親なら、ほしいものぜーんぶ
かってくれるのが、あたりまえ？

あばれれば、
ほしいものなんでも手に入る？

あばれれば、
親は言うこときいてくれるの？

きみが言うこときかなかったら、
こんどは親があばれていいの？

りゆう / かたち / ブレーキ / けんり / もくてき / かんけい

きみがらんぼうになるのは、どんなとき？

びんぼうで つらそうなひとたちに、

そうだね、でも…

ぼうりょくで、世界はよくなるのかな？

ありのままの世界と、
向きあえるようになってみない？

会ったとき。こころが、
ぎゅっとなるから。

りゆう / かたち / ブレーキ / けんり / もくてき / かんけい

びんぼうだけど、しあわせ、
ってひと、いない？

おかねもちだけど、ふこう、
ってひとも、いるよね？

きみがらんぼうになるのは、どんなとき？

しつれいなことして、
ごめんも言わないとき。

そうだね、でも…

なにかりゆうが、あったのかもよ？

らんぼうなのは、しつれいじゃないの？

ことばづかいはていねいだけど
らんぼうだな、って思(おも)うこと、ない？

正直(しょうじき)なのと、れいぎ正(ただ)しいの、
どっちがいい？

りゆう

かたち

ブレーキ

けんり

もくてき

かんけい

きみがらんぼうになるのは、どんなとき？

おしゃべりしてないのに先生におこられたとき。

そうだね、でも…

きみは、ふこうへいとか、
まちがったこと、したことないの？

だれにだって、
まちがいはあるんじゃない？

ほかの子が、
まちがってしかられたら？

テストがまちがいだらけでも、
先生おこる？

クラスでおしゃべりをしてはいけません。
クラスで おしゃべりをしてません。
クラスで おしゃべりをして
ません。 クラスでおしゃべ
リをしてません。クラスでお
しゃべりをしてません。
クラスで おしゃべ

きみがらんぼうになるのは、どんなとき？

いろんなりゆうで、きみは、ひとをたたいたり、
さけんだりする。そう、らんぼうになるんだ。
いらつく、とか、ほしいものが手に入らない、とか、
ぶたれた、とか、かんじわるくされた、とか。
世のなかのふこうやふこうへいを目のあたりにして、
きみのなかに、いかりがわきおこる。
ゆるせないこと、たえられないことに出会ったら、
さけび声とにぎりこぶしで、おいはらうしかないんだろうか。
「ぼくはいま、ここにいるんだ」って、みんなにつたえる方法は、
ぼうりょくのほかに、ないんだろうか。
さがしてみたら、どうだろう。
きみが考えてること、しんじてることを、
しっかりみんなにつたえられる、べつの方法を。

この問いについて
考えることは、
　　　　つまり…

…自分がらんぼうになるりゆうを、
つきとめられるようになること。

…自分じゃどうにもできない気もちに
ふりまわされることもあるんだ
って、みとめること。

…世界もみんなも、
きみの思いどおりには
ならないんだって、気づくこと。

…みんなのなかで、
きみがきみらしくいられる方法を
さがしてみること。

りゆう

かたち

ブレーキ

けんり

もくてき

かんけい

自分はらんぼうだな、って、思うのはなぜ？

りゅう
かたち
ブレーキ
けんり
もくてき
かんけい

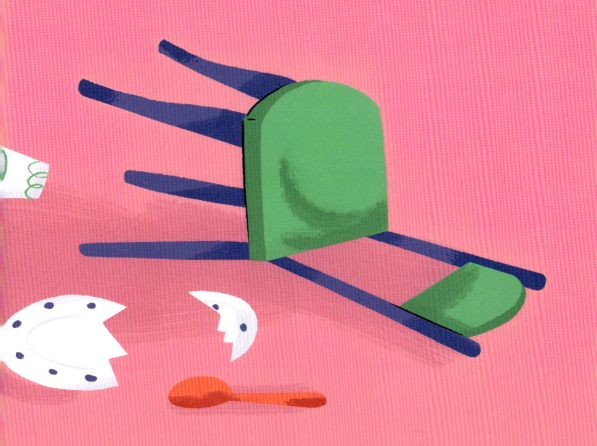

自分はらんぼうだな、って、思うのはなぜ？

たたかいごっこ、
だいすきだから。

そうだね、でも…

らんぼうしたら、どうなるか、
ときには、そうぞうしてみたら？

ほんとにたたかえるように、
なりたいの？

ごっこのつもりが、本気(ほんき)になったら？

ゲームでたたかってても、
らんぼうになっちゃう？

りゆう

かたち

ブレーキ

けんり

もくてき

かんけい

自分はらんぼうだな、って、思うのはなぜ？

ぼくのなかの火山が、ゴゴゴゴゴーッていってるから。

そうだね、でも…

きみの火山が火をふくのに、
りゆうはないの？

やさしくされても、火をふいちゃう？

だれでもみんな、
火山をかかえているのかな？

きみ自身が、その火山より
つよくなるのは、むり？

自分はらんぼうだな、って、思うのはなぜ？

おとうとをばかにして、

そうだね、でも…

ことばだって、げんこつみたいに、
ひとをきずつけるよね？

ひとをばかにすれば、
つよくなった気がするのかな？

ひどいこといっぱい言ってるから。

小さい子をまもるのが、
大きい子のつとめじゃない？

いじめちゃうのは、やきもちかもよ？

自分はらんぼうだな、って、思うのはなぜ？

クモとか、ちっちゃい虫つぶすの、だいすきだから。

そうだね、でも…

らんぼうするのは、いい気分？

こわいから、らんぼうするんじゃない？

巨大おばけグモがでてきても、
つぶしたい？

木をきりたおすのも、
らんぼうかな？

自分はらんぼうだな、って、思うのはなぜ？

みんなのことなんて、どうでもいいし、ひとの役になんて、たちたくないし。

そうだね、でも…

だれもが自分のことしか考えてない世界って、どんなだろう？

自分のまわりのひとたちのこと、どうでもいい、なんて思えるかな？

あぶない目にあってるひと、
ほんとうに、ほっとける？

きみのこと、だれもしんぱいして
くれなかったら、どう思う？

自分はらんぼうだな、って、思うのはなぜ？

ぶすっとしてて、はなしかけられても、へんじしないから。

そうだね、でも…

きみがむくれて、うんざりするのは、
みんな？ それとも、きみ自身？

だまってるのと、やなこと言うの、
どっちがらんぼう？

むくれるのは、
思ってること言いたくないから？

おこったら、バクハツさせるべき？
おなかのなかに、しまっておくべき？

りゅう　かたち　ブレーキ　けんり　もくてき　かんけい

自分はらんぼうだな、って、思うのはなぜ？

ぼうりょくにも、いろんなかたちがある。

友だちをたたいたり、いやなことばをあびせたりするとき、
きみのおくにかくれてるらんぼうさは、バクハツし、
きみ自身にも、みんなにも、はっきりわかるかたちで、あらわれる。
でも、むくれて、だれにもなんにもしてやらないぞって、いじはってるとき、
きみが、らんぼうさにあやつられてるんだな、って気づくひとは、ほとんどいない。
そいつは、ときどき、こっそり、きみのなかにしのびこみ、
きみのまわりにしみわたる。
そうして、きみの自信をなくさせて、みんなとのかんけいをだめにするんだ。
そこでもし、きみが、そいつの正体を見やぶって、
立ちむかえるようになったとしたら、どうだろう？

この問いについて考えることは、つまり…

…きみも、世界も、どこかにぼうりょくをかかえてるんだって、みとめること。

その1　その2　その3

…ぼうりょくにも、いろんなかたちがあるんだって、知っておくこと。

…きみのことばやふるまいが、みんなをまきこむこともあるんだって、あたまに入れておくこと。

…ぼうりょくが、いたみやくるしみをひきおこすのを、ゆるさないこと。

あばれだしそうな自分を、
とめられる？

あばれだしそうな自分を、とめられる？

うぅん、わたしはにんげんで、にんげんはらんぼうなものだから。

そうだね、でも…

人間(にんげん)なら、だれでもみんな、らんぼうなの？

ぼうりょくをとめるために、ほうりつをつくったのも、人間(にんげん)じゃない？

自分(じぶん)のなかにあるぼうりょくを、外(そと)に出(だ)さないってきめるのは、むり？

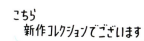

自分(じぶん)のあり方(かた)、自分(じぶん)でえらべないのかな？

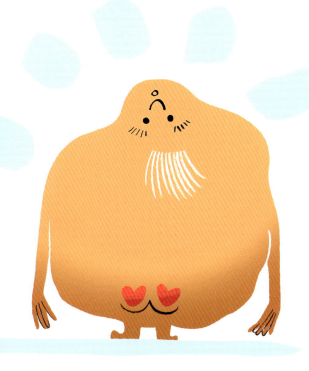

あばれだしそうな自分を、とめられる？

ああ、よくかんがえれば いいんだ。

そうだね、でも…

だれかがこうげきしてきたときに、考えてるひまなんて、ある？

考えてるうちに、はらが立ってきたりしない？

はらが立ったら、考えられなくならない？

よく考えて、あばれるぞ、ってきめることも、あるよね？

りゅう

かたち

ブレーキ

けんり

もくてき

かんけい

あばれだしそうな自分を、とめられる？

ええ、お気に入りのばしょで、しんこきゅうして、

気もちをおちつければ。

らんぼうになってるとき、いつも、自分でわかってる？

みんなのおかげでおちつくことも、あるよね？

カンカンにおこってるときも、考えたとおりにできるかな？

らんぼうだけど、おちついてるってことも、ない？

あばれだしそうな自分を、とめられる？

だいじょうぶ、わたし、おちついてるから。いらいらしたことだって、ないもの。

そうだね、でも…

ひどいこと言われたり、ぶたれたりしても？

人間だったら、いらいらしない？

一生、ぜったい、いらいらしないぞ、って、がんばるべき？

おちつきすぎなひととかも、いるのかな？

あばれだしそうな自分を、とめられる？

むりむり、

そうだね、でも…

きみのなにが、そうさせるの？
きんにく？ それとも、のうみそ？

つよいけど、らんぼうじゃないひとに
なれないかな？

あたし、つよいんだもん。
きんにくつかわなきゃだし。

きんにくのつかいみちって、
ひとをぶつだけ？

やさしくて、思いやりのあるひと
のほうが、つよいんじゃない？

あばれだしそうな自分を、とめられる？

らんぼうさは、ときどき、なんのまえぶれもなく、きみのこころにわいてくる。

おさえることも、できないわけじゃない、
親と話しあうとか、ひとりになるとか、じっくり考えるとか。
けど、ほとんどの場合、その力は、つよすぎて、
あっというまにあふれだし、すべてを根こそぎ、さらってゆく。
きみのかぞくや友だちに、そしてきみに、のこされたきずを見て、
ああ、やっちゃった… ぜんぶ、ぼくがわるいんだ… って、きみは、くやむ。
こんどはまた、べつのなにかに、とりつかれたみたいに。
それでも、やっぱり、はらが立てば、だまってられないし、
手を出されれば、ほうっておけない。
だからこそ、「ぼくの人生は、ぼくのもの」って、はっきり思えるようになって、
自分のらんぼうさも、自分でどうにかできるようにならなきゃね。

この問いについて
考えることは、
　　　つまり…

…自分はどんな人間で、
どんなひみつをもっているのか、
きちんと知ること。

あばれたいならあばれればいい？
それとも、がまんしなきゃだめ？
どこまで、きみがきめられるのか、
じっくり考えてみること。

…カンペキにはなれなくても、
よくなっていくことはできるんだ
って、自分におしえてあげること。

ひとをぶっても、いいと思う?

りゅう
かたち
ブレーキ
けんり
もくてき
かんけい

ひとをぶっても、いいと思う？

うん、その子が

そうだね、でも…

その子をぶったら、
きみもいじわるになるんじゃない？

人をころした人は、ころしていいの？

いじわるで、わたしをぶったらね。

いじわるじゃなく、だれかを
ぶっちゃうことも、あるよね？

よくないってわかってて、
まねするの？

ひとをぶっても、いいと思う？

だめだよ、ぶつのは、
わるいことだもん。

そうだね、でも…

だれかがきずつけられるの、
とめようとしてぶつのも、わるいこと？

ひとをぶったら、
かならず、バツをうけるべき？

おしおきでもぶつのはダメ！って、
親にも、きんししとくべき？

年がら年中、
いいことばっかり、してられる？

ひとをぶっても、いいと思う？

ううん、ぼくよりよわい子は、ぶっちゃだめ。

つよさが同じくらいの子は？

みんなのつよさ、かならずわかる？

つよい子は、
ぶたれてもいたくないのかな？

なんのつよさ？ きんにく？ ずのう？

ひとをぶっても、いいと思う？

いいでしょ、

そうだね、でも…

あぶない目にあってる、って、
かんちがいすることはない？

ゆうきって、きけんに立ちむかう力？
それとも、きけんをかわす力？

あぶない目にあって、みをまもるためだったら。

きけんを感じたら、ひとをきずつけたり、ころしたりしていいの？

やられたらやりかえせば、きけんはへるの？

ひとをぶっても、いいと思う？

うん、
ボクシングのレッスン中はね。

そうだね、でも…

ボクシングって、らんぼう？

ボクシングでは、
パンチをコントロールするよね？

ボクシングって、きみを
らんぼうじゃなくしてくれない？

学校(がっこう)で、しあいみたいにやっちゃ
いけないのは、なぜだろう？

ひとをぶっても、いいと思う？

「ひとをぶっては、いけません！」
って、うんと小さいころから、親に言われてきたよね。
学校で、友だちのほっぺをたたいたりしたら、おしおきだし。
でも、手をだされて、身をまもろうとするのは、いけないことなんだろうか？
しかえしやおしおきはいい、って考えるひともいれば、
なにがあっても、ぼうりょくはいけない、って思ってるひともいる。
みんな、ぼうりょくはいけない、って言いながら、
ぼうりょくシーンだらけのドラマを見て、たたかいごっこや、ボクシングをしてる。
そうやって、ぼくらは、たしかめてるんだ。
ぼうりょくは、たしかにあるんだ、
ひとは、ぼうりょくをふるいたくなるものなんだ、って。
そうやって、ぼくらは、さがしてるんだ。
ぼうりょくをふるいたくなるその気もちが、ぼくらのうちからあふれだし、
すべてをのみこまないように、うまくみちびく方法を。

この問いについて
考えることは、
　　　つまり…

…ぼうりょくについての考え方は、
文化やかぞくや国によって
ちがうんだ、って気づくこと。

…ぼうりょくにも、
正しいと言えるものがあるのかどうか、
しらべてみること。

…ほうりつの役わりと、
ほうりつがぼうりょくを
ばっする方法について、
きちんと知ること。

ぼうりょくって、なんの役にたつ？

りゅう
かたち
ブレーキ
けんり
もくてき
かんけい

ぼうりょくって、なんの役にたつ？

ストレスかいしょうに、サイコー。

そうだね、でも…

ぼうりょくふるえば、おちつくの？

絵とか、歌とか、スポーツでも、
スッキリはできるんじゃない？

だれもがそうしてスッキリしてれば、
人生たのしくなるのかな？

どんなときでも、
したいようにするのがいいと思う？

ぼうりょくって、なんの役にたつ？

ばかにすんなよ、
ちゃんとこっち見ろよ、って。

そうだね、でも…

ぼうりょくは、なにを生むだろう？
そんけい？ それとも、おそれ？

自分のことだいじにしてくれない
ひとのこと、だいじにできる？

そんけいされるのと、すかれるの、
どっちがいい？

見られたくないときだって、
あるよね？

ぼうりょくって、なんの役にたつ？

きまりはまもらなきゃとか、
わるいことしちゃだめとか、

そうだね、でも…

わからせるのに。

きみは？ぼうりょくふるわれたら、わるいことしなくなる？

みんなに言うこときかせるには、ぼうりょくがいちばんいいの？

きまりがまちがってることって、ないのかな？

けいむしょに入れられたら、ひとは、らんぼうじゃなくなるの？

ぼうりょくって、なんの役にたつ？

テッペンとるため。

そうだね、でも…

力ずくで、
みんなに言うこときかせるの？

みんなの上にたつ力は、
力ずくでしか手にはいらない？

らんぼうなリーダーが、
いいリーダー？

リーダーのつとめって、みんなを
しはいすること？ たすけること？

ぼうりょくって、なんの役にたつ？

なんの役にもたたないでしょ。
なんでもこわすだけだもん。

そうだね、でも…

ぼうりょくって、意味ないのかな？

生きてくうえで、
ひつようになることも、あるんじゃない？

いい社会をつくるためには、
こわすこともひつようじゃない？

わるいことひとつもない世界なんて、
たいくつじゃない？

ぼうりょくって、なんの役にたつ？

せんそうをやめさせて、じゆうとふこうなひとびとをまもるんだ。

そうだね、でも…

せんそうして、
せんそうをとめられる？

せんそうが、
平和と自由をもたらすの？

正しいせんそうって、
あるんだろうか？

自由で、平和で、
みんながしあわせ
… そんな世界、あるのかな？

ぼうりょくって、なんの役にたつ？

「らんぼうは、いけない。」
そう、思いこんでるきみは、

ぼうりょくは、なんの役にたつ？ってきかれれば、
なんの役にもたたないよ！ってこたえるだろう。
でも、わるいことした子は、おしおきされるし、
つみをおかしたひとは、ほうりつで自由をうばわれる。
えらくなりたいとか、スカッとしたいとか、
そういうことに、ぼうりょくがつかわれるのは、もんだいだ。
だけど、「ぼうりょく」はすべて、わるい、って言いきれるだろうか？
平和や自由をまもるためとか、ゆるせないことに立ちむかうためでも？
ぼくらの生きてるこの世界は、いろんなものでできていて、
ぼうりょくも、そのひとつなんだ。
ぼうりょくのない世界を、ゆめみるのもいいけど、
そのことは、きちんとあたまに入れておかなきゃね。

この問いについて考えることは、つまり…

…人生のなかで、社会のなかで、ぼうりょくがどんないみをもつのか、つきとめること。

…この世から、ぼうりょくをなくすことはできるのか、どうすればできるのか、考えてみること。

…おどしてしつけるのと、ほめてしつけるの、どちらがいいのか、こたえをさがすこと。

…れきしのなかで、世界のなかで、せんそうとそのげんいんについて、しらべてみること。

みんなのこと、こわいって思うの、あたりまえ？

りゅう
かたち
ブレーキ
けんり
もくてき
かんけい

みんなのこと、こわいって思うの、あたりまえ？

うん、したくないこと、させられるかもしれないし。

そうだね、でも…

やなことは、やだ！って言えば、いいんじゃない？

学校いきなさい！って言う親も、こわい？

なにが自分のためになるのか、
きみはいつでも、わかってる？

みんながしたいことしていれば、
世界からぼうりょくがへるんだろうか？

りゅう

かたち

ブレーキ

けんり

もくてき

かんけい

みんなのこと、こわいって思うの、あたりまえ？

うん、あたし、おくびょうで、よわむしだから。

そうだね、でも…

おくびょうで、よわむしな子は、
ひどい目にあうってきまってるの？

かばってくれる子だって、
いるんじゃない？

いちばんこわいのは、みんなに
どう思われるかなんじゃない？

自分のよわさを知ってることが、
きみのつよみだとは思わない？

みんなのこと、こわいって思うの、あたりまえ？

…だって、みんなのこと、しんじられないんだもん…

そうだね、でも…

みんながきみを、ねらってるの？

しんじてなくて、しんじてもらえる？

きみのことは、しんじていいの？

自分のことは、しんじてる？

りゅう

かたち

ブレーキ

けんり

もくてき

かんけい

みんなのこと、こわいって思うの、あたりまえ？

こわいかも、だって、ぼくと

ちがうんだもん。

> そうだね、でも…

ぼくたちみんな、
にてなきゃだめなの？

自分とにてたら、こわくない？

おとこの子なら、
おんなの子をこわがるの？

自分とちがうひとと、わかりあって、
なかよくなるのは、むり？

りゅう

かたち

ブレーキ

けんり

もくてき

かんけい

みんなのこと、こわいって思うの、あたりまえ？

わたしのこと、だいじにしてくれるひとたちは、こわくない。

そうだね、でも…

親をこわいと思うこと、ない?

親は、きみのこと、
いっつもだいじにしてくれてる?
しかってるときも?

だいじな子に、
やなことしちゃうこともあるよね?

そうじゃないひとはみんな、
きみにとって、キケンじんぶつ?

りゅう
かたち
ブレーキ
けんり
もくてき
かんけい

みんなのこと、こわいって思うの、あたりまえ？

きみのまわりには、きみをあいし、きみをまもってくれる人たちがいる。

たとえば、友だちとか、かぞくとか。
それから、きみがしたくないことをさせようとするおとなたちもいるだろうし、
きみとはちがう、きみにはりかいもできないひとたちだっているだろう。
きみは、自分のよわさに気づいてて、いつも、用心し、身がまえてる。
そのくせ、ちょいちょい友だちとケンカしたり、親をおこらせたりもして。
ろくに考えもせず、まわりのみんなを、おそろしいものだと思いこんでしまう。
ひととひととが、いっしょに生活していれば、
そこにはかならず、ストレスがあり、ぼうりょくがあり、
そして、愛があり、やさしさがある。
まわりのみんなの話をきいて、みんなにも自分のことを話せるようになること、
たぶんそれが、みんなとしんらいしあって生きていくのに、
いちばんいい方法なんじゃないのかな。

この問いについて
考えることは、
　　　　つまり…

…どんなによわくても、
いや、よわいからこそ、
自分のつよさを
感じられるようになること。

…自分とみんなのかんけいを、
じっくり考えてみること。
（わるいかんけいもね。）

…カンペキなものなんてない、って
気づいたうえで、自分もみんなも
しんらいできるようになること。

オスカー・ブルニフィエ

哲学の博士で、先生。おとなたちが哲学の研究会をひらくのをてつだったり、こどもたちが自分で哲学できる場をつくったり、みんなが哲学となかよくなれるように、世界中をかけまわってがんばってる。これまでに出した本は、中高生向けのシリーズ「哲学者一年生」(ナタン社)や『おしえて先生! 論理学』(スイユ社)、小学生向けのシリーズ「こども哲学」、「哲学のアイデア」、「はんたいことばで考える哲学の本」(いずれもナタン社)、「てつがくえほん」(オートルモン社)、先生たちが読む教科書『話しあいをとおして教えること』(CRDP社)や『小学校教育における哲学の実践』(セドラップ社)などなど、たくさんあって、ぜんぶあわせると35もの国のコトバに翻訳されている。世界の哲学教育についてユネスコがまとめた報告書『哲学、自由の学校』にも論文を書いてるんだ。

http://www.pratiques-philosophiques.fr

アンヌ・エムステージュ

アンヌ・エムステージュは、1982年にドイツで生まれ、フランスの南で育ち、美術の学校に行くために、2001年、パリへ引っ越した。そこで彫刻の勉強をしたあと、イラストに興味をもち、こんどはストラスブールの学校へ。卒業してからは、新聞や雑誌、子どもの本に、イラストを描く仕事をしている。

https://cargocollective.com/annehemstege

西宮かおり

東京大学卒業後、同大学院総合文化研究科に入学。社会科学高等研究院(フランス・パリ)留学を経て、東京大学大学院総合文化研究科博士課程を単位取得退学。訳書に『思考の取引』(ジャン=リュック・ナンシー著、岩波書店)、『精神分析のとまどい』(ジャック・デリダ著、岩波書店)、「こども哲学」シリーズ10巻(小社刊)などがある。

フランスでは、自分をとりまく社会についてよく知り、自分でものごとを
判断できる人になる、つまり「良き市民」になるということを、教育の
ひとつの目標としています。
そのため、小学校から高校まで「市民・公民」という科目があります。
そして、高校三年では哲学の授業が必修となります。
高校の最終学年で、かならず哲学を勉強しなければならない、とさだめ
たのは、かの有名なナポレオンでした。およそ二百年も前のことです。
高校三年生の終わりには、大学の入学試験をかねた国家試験が行なわ
れるのですが、ここでも文系・理系を問わず、哲学は必修科目です。
出題される問いには、例えば次のようなものがあります。
「なぜ私たちは、何かを美しいと感じるのだろうか?」
「使っている言語が異なるからといって、お互いの理解がさまたげられる
ということがあるだろうか?」
これらの問題について、過去の哲学者たちが考えてきたことをふまえつ
つ、自分の意見を文章にして提示することが求められるのです。
当たり前とされていることを疑ってみるまなざしと、ものごとを深く考えて
ゆくための力をやしなうために、哲学は重要であると考えられています。

編集部

こども哲学 暴力って、なに?

2019年5月30日　初版第1刷発行

文	オスカー・ブルニフィエ
訳	西宮かおり
絵	アンヌ・エムステージュ
日本版監修	重松 清
日本版デザイン	吉野 愛
描き文字	阿部伸二(カレラ)
編集	鈴木久仁子　大槻美和(朝日出版社第2編集部)
発行者	原 雅久
発行所	株式会社朝日出版社
	〒101-0065 東京都千代田区西神田3-3-5
	TEL. 03-3263-3321 / FAX. 03-5226-9599
	http://www.asahipress.com
印刷・製本	図書印刷株式会社

ISBN978-4-255-01122-6 C0098
© NISHIMIYA Kaori, ASAHI PRESS, 2019 Printed in Japan

乱丁・落丁の本がございましたら小社宛にお送りください。送料小社負担でお取り替えいたします。
本書の全部または一部を無断で複写複製(コピー)することは、著作権法上での例外を除き、禁じられています。